L'Enfant cow-boy

Gilles Tibo ❖ Illustré par Tom Kapas

Livres Toundra

Publié au Canada par Livres Toundra/*McClelland & Stewart Young Readers*, 481, avenue University, Toronto (Ontario) M5G 2E9

Publié aux États-Unis par Tundra Books of Northern New York, Boîte Postale 1030, Plattsburgh, New York, 12901

Fiche du Library of Congress (Washington) : 99-75641

Données de catalogage avant publication (Canada)

Tibo, Gilles, 1951-
    L'enfant cow-boy

Publié aussi en anglais sous le titre : The cowboy kid.
ISBN 0-88776-511-4

I. Kapas, Tom. II. Titre.

PS8589.I26E53 2000   jC843'.54   C99-932204-4
PZ23.T53En 2000

Nous remercions le Conseil des Arts du Canada et le Conseil des Arts de l'Ontario de l'aide accordée à notre programme de publication.

Nous reconnaissons l'aide financière du gouvernement du Canada par l'entremise du Programme d'Aide au Développement de l'Industrie de l'Édition pour nos activités d'édition.

Conception graphique : Sari Ginsberg

Imprimé à Hong Kong, en Chine

1 2 3 4 5 6   05 04 03 02 01 00

À Xavier, qui chevauche les vagues du grand fleuve.

G.T.

À John, Thomas et Marie-Claude,

pour leur soutien et leur complicité.

T.K.

C'est comme ça, on ne sait pas pourquoi…

Depuis des siècles et des siècles, un enfant joue dans les ruelles de la ville. Armé de revolvers en plastique, il saute par-dessus les clôtures et attrape les poubelles au lasso.

Personne ne connaît le nom de cet enfant, personne ne sait d'où il vient. Lorsqu'on le questionne, il s'enfuit en imitant le bruit d'un cheval au galop.

On le surnomme l'enfant cow-boy.

Après avoir parcouru les ruelles et les boulevards, l'enfant retourne dans son jardin secret. Sous les feuillages d'un grand chêne, il monte un cheval de fortune et poursuit d'invisibles ennemis.

À la fin de guerres et de batailles épiques, l'enfant cow-boy, épuisé, se cache entre les racines du géant. Il s'endort en écoutant les murmures de la sève qui monte.

Les oiseaux silencieux se posent dans les cheveux de l'arbre. Le vent roule et vient mourir à ses pieds.

Le temps passe, s'allonge, culbute. L'enfant émerge de l'autre côté du sommeil. Les yeux fermés, il écoute les souffles du vent. Il respire l'odeur d'une bête qui piaffe près de lui.

Un hennissement rompt le silence. L'enfant cow-boy ouvre les paupières. Un cheval brillant comme de l'or apparaît sous les feux du grand soleil.

*L*a bête s'approche lentement. En claquant des sabots, elle vient lécher la main de l'enfant. Puis elle s'ébroue, gonfle ses muscles et trotte en dessinant de grands cercles autour de l'arbre.

L'enfant crie de joie!

Le cheval à la sueur dorée se couche dans la poussière. L'enfant monte sur son dos et s'accroche à sa crinière.

Le coursier se dresse, frémit, puis s'élance au galop. Ses sabots martèlent le sol comme un roulement de tambour.

Au bout de sa course, il se cabre et s'envole, emportant le jeune cavalier au pays des rêves.

L'enfant crie de joie!

L'enfant cow-boy et sa monture traversent des villes, des villages. Ils survolent des garderies dans lesquelles se bercent paisiblement de petits chevaux de bois.

L'enfant crie de joie!

Obéissant à cet appel, tous les chevaux de bois de toutes les garderies bondissent et se lancent à leur poursuite.

Les chevaux piaffent sur les courbes de la nuit. La crinière parsemée d'étoiles, ils survolent les parcs d'une métropole tapissée de lumières.

L'enfant crie de joie!

Dans un terrible vacarme, des milliers de chevaux de bronze et de marbre s'arrachent de leur socle en hennissant.

À grands coups de sabots, la troupe survole une fête foraine.

L'enfant crie de joie!

Les chevaux de plâtre rompent leurs liens, s'enfuient des carrousels et s'ébrouent en sillonnant les cieux.

La horde descend des nuages et envahit les musées.

L'enfant crie de joie!

Dans un formidable déchirement de toiles, les chevaux peints se cabrent et se détachent de leur cadre.

La chevauchée fantastique galope au-delà des frontières du temps. En hennissant et en piaffant, les coursiers de bois, de plâtre, de marbre, de bronze et de toile entraînent dans leur sillage tous les chevaux du monde.

Après avoir tourné mille fois autour de la terre, la chevauchée fantastique dévie de sa trajectoire et se lance à l'assaut des ténèbres.

À bout de souffle, couverts de sueur d'or, les chevaux s'abreuvent à la Voie lactée en laissant l'empreinte de leurs sabots sur chaque étoile.

Depuis ce jour et pour l'éternité, des chevaux galopent dans le ciel. Lorsqu'ils survolent les villes, le tonnerre de leurs sabots résonne sur les grands murs de pierre.

Alors, les enfants s'éveillent, se frottent les yeux et crient de joie en apercevant un jeune cow-boy qui traverse la nuit sur un cheval aussi lumineux qu'une étoile filante.